眞理大學在地文創特色課程詩歌創作集

傳頌不朽馬偕的詩寫練習曲

詩偕

錢鴻鈞 ——— 總策劃　劉沛慈 ——— 主編

《詩偕》編輯委員會

（依姓氏筆畫排序）

編輯委員
張晏瑞、劉沛慈、錢鴻鈞

總策劃
錢鴻鈞

主編
劉沛慈

封面相片提供
葉力愷、阮陳青河

琳瑯滿目、人才輩出

台文系主任錢鴻鈞

　　學期末，又是要交許多業務報告的時候了。其中特別是深耕計畫的報告，有一個是謝旻諺老師的「文學微電影」課程；另外就是張晏瑞老師的「出版策劃」。兩者都是成果豐碩啊，前者的同學還協助 Discovery 的節目製作，專業的成就不在話下。

　　後者，看張晏瑞老師指導上課學生、實習學生，看今年為台文系編輯的書籍量就可以讓報告豐厚踏實的，讓台文系、讓學校夠風光了吧。其中有《藝采台文》、《璞玉集：真理大學台灣文學系學生作品集》、《旅形：馬偕與淡水古蹟導覽文集》、《語文教學一把罩》、《詩歌創作集：詩偕》，總共五冊呢。哪一個學校、系所有此魄力、實力呢？更不要講還有出版《第二十六屆台灣文學家牛津獎沙白文學學術研討會論文集》。

　　就《藝采台文》的台文系年刊在今年則是第六冊了，詩歌創作集這次是第四冊，之前三冊為：《無拘吾述》、《筆筆偕事》、

《詩情話憶》。這四次的詩歌創作文集，就是劉沛慈老師指導各屆台文系學生所出品的，另外就是《旅形》也是劉老師指導旅遊文學課程的學生完成的。

劉沛慈老師為了更大力推動學生創作新詩，還請來了楊淇竹博士演講，就是名詩人，也是台文系的學姐。加上今年也是劉沛慈老師推薦的羅秀玲詩人，獲得真理大學第十四屆傑出校友，她曾任職康軒公司。真的，台文系培養出的詩人，成為文化工作者，在各大出版社特別是編輯台語教材的，有成、有名的有好多位。

那麼上述劉沛慈老師辛苦播種、耕耘的成果，將來相信會有更多詩人作家、文化工作者產生的。然後，劉沛慈老師還與林裕凱老師合作辦理總獎金兩萬元的「沙白文學獎（台語詩）」，輔導業界實務學習、指導研究論文、指導畢業專題製作。劉老師為台文系、為學生犧牲奉獻，在自己的家庭、學術工作、學業之外的努力，真是巨大。

在此書出版的此刻，我為了改革台灣文學系，改革唯一目的就是讓學生進一步的畢業有工作、有未來。我聽了田啟文老師的話，再次做學生，就讀淡江大學大眾傳播研究所，在這第四年上學期，我終於完成碩士論文。可喜可賀，也真是血淚、耗費精神半條命。

我也不禁要在此為自己而驕傲。相信，在劉沛慈老師這等努力為學生培養創作實力、自信之下，已經有眾多成果。我也算是

追隨著劉老師，為的就是讓台文系學生珍愛台文，將來台文系以
各位同學為榮。

Contents

目錄

美麗島 | 小栗實紗

上午 11 點

我再一次到了淡水河畔

波光粼粼美麗的海

與蔚藍的天空

無限的 漫延

半世紀間

淡水的美麗

一點兒也沒改變

它一樣可以使人們感動

從世界各地千里迢迢地來訪

這南方島嶼

一望無際的青山綠水和大自然的富饒

碧綠青翠的樹上成熟了多彩多色的水果與葉子

像是在祝福著台灣的未來

創作理念｜在這首詩中，我描述了淡水風景的自然之美。想表達了「馬偕博士」的心意與感受。即他過去看到了美麗島，台灣的美有永遠是不變的，今日的美麗島仍然和以前一樣美麗。

美麗道 | 小栗實紗

感恩充滿了來自自然的祝福
我的足跡，會為這島上的人們留下嗎？
我還要繼續走嗎？

我要走的路
是一條無窮無盡的路
我要看的未來
是萬丈光芒
有時候狂風暴雨
但雨過天晴後的雲彩
海風也許會將它吹散

詩偕

我是個旅人
是個流浪的人
像百花齊放前的花蕾
要綻放自己的大蓮
我是嬰兒，活在這世界
看得見什麼？
聽得見什麼？

熙熙攘攘的人群
談笑風生的人群
啊！
真希望這就是我的未來
這美麗的道

創作
理念

因為我去馬偕來台一五〇年的展覽會的時候，我被他
留下的功績就深深打動，所以我把這兩首詩的視角給
了馬偕博士。我認為這我寫下的詩著重於兩個淡水
體：是他過去看到的淡水，以及他現在從天空上看到
的淡水。希望我寫下的這兩首詩可以讓馬偕博士給暖
暖的心。

喉 | 江丞諺

用盡一生叫人悔改的喉
沙啞潰爛了，食糜都從傷口
流出，撐著最後一口氣
敲鐘，吃力地上完最後一堂課

創｜作
理｜念　馬偕醫師在生命的最後一段時期，因為喉嚨潰爛，知
道上帝感召他的時間到了，因此跑去敲鐘召集學生，
上最後一堂課，讓人動容。

牙 | 江丞諺

你不穿金戴銀，也不要舉世聞名
你只望誤打誤撞來到的島嶼
能有上帝的福音
開義診，治瘧疾
拔蛀牙，治膿瘡
終其一生奉獻給基督和台灣

創作理念　馬偕醫生以傳教和醫療最為人所知，其中又以拔蛀牙最為廣泛，馬偕醫師終其一生總共拔除了兩萬一千顆。

心 |江丞諺

穿過大海，撥開雲霧
穿越竹林，聽見海湧
你的心、青春和人
你的快樂、歡喜和疼惜
都獻給你未能割捨的
最後的住家

創作理念	馬偕醫師寫到，台灣是他最掛心的地方，他的一生都獻給這個離他的故鄉一萬公里以上的島嶼。其為台灣的貢獻可說是功標青史。

  |詩偕

石像 | 江佩錡

痕跡　眼角的　淚珠
那是被歌頌的　奉獻
還是　淡水的　繁華

創作理念

我曾經走訪到石像公園，依稀能在石像的眼角看見兩道水珠曾向下的痕跡，我想，他在此處矗立多年，流下的淚水是因為聽見眾人在歌揚他的奉獻嗎？還是說是看見淡水走到今日的繁華呢？我覺得很適合讓我們自己思考。

大鬍子 |江佩錡

大鬍子博士
這是您累積的知識嗎？
這是您走過的歷程嗎？
這是您老道的經驗嗎？

大鬍子博士
我深根固柢的愚昧

好痛

創作理念 | 馬偕的大鬍子就像滿載他人生所有的棉花，看上去很輕盈，但實際上也可以是很重的，他能夠透過幫人拔蛀牙這件事，告訴他們解決的方法，把知識傳授給人民。

詩偕

醫 ｜吳佩珊

有些人曾經問起醫學的進步
我總會想到你
從遙遠的加拿大一路遠航
只為自己的信仰和目標
用醫療蓋起層層的鐵壁
引導人去認下正確的觀念
在所有的醫生中
別人問起我
我都會說
馬偕是我唯一的記得

師 | 吳佩珊

學習的旅途我總是會見到你
在漫長的生活中
課本總是不經意出現你的名字
我讀進你創立的學校
彷彿我與你的歷史息息相關
你在我心裡永遠難忘

創作
理念

我小學到現在大學都有讀到馬偕，他彷彿與我息息相關，我不經意就記住他的名字。我想到他的第一印象，就是女子學堂，讓我印象深刻。創作這首詩的時候我滿腦子就是真理大學等於馬偕，然後滿腦子的就是學習學校什麼的，對我來講其實馬偕是真理理念的代表，從我小的時候就常常聽到他的名字，讓我記憶深刻，還有那個女子學堂讓我很感動。

理想 ｜吳佩珊

我與理想彷彿隔了很遠

只能從文字去描繪當初的風光

假如我能親眼見證

那我也想參與其中

但我不能，歷史的軌跡只能掩埋在長河

而我只能傳承他所遺留的理想

創作
理念
上次去看馬偕的展覽讓我記憶猶新，彷彿可以看到他
與他的子孫立下的偉業。對我來講歷代傳承下來的理
念更加讓人可貴，對我來說我看到馬偕一代又一代傳
承下來的信仰與理想，讓我十分難忘。

淡水與馬階 | 吳庭宇

我站在淡水河畔一隅
海龍號當初上岸地方
一樣的下午三點
一樣的有風天氣
老街仍在
小鎮仍在
淡水與馬偕精神一直都在

創作理念

如果散文是散步，那麼詩就是舞曲。

距離馬偕博士一八七二年三月九日，由滬尾（淡水）登陸已有一五〇年，我試圖想像在當時的地點加上時間和查詢到當天天氣，以自己為第一人稱的視角而開始。

為了句子通順，盡可能兩句兩句一樣長度，但沒有押韻。一、二句格式一樣是九個字，三、四句格式一樣是七個字，五、六句格式一樣是四個字，最後一句結尾加強呼應題目與內容為十一個字，整首詩共五十一字。當然現代詩可長可短，也要把意境和心裡的想法表達出來，而所有的意象化為詩句，用幾句話穿越到當時淡水與馬偕，再回到現在的淡水小鎮，馬偕在淡水人心中的永恆典範，就是我思考的歷程。

詩偕

福爾摩沙　|李玟諭

您將指引我至何處呢

是否停留

當踏上那刻

您告訴了我

心願著築於此

青春也奉獻給了它

我在這片土地造福

也

與你

共攜

璀璨

福爾摩沙

創作
理念

這一首我想站在馬偕的角度思考，那麼他會被他的信
仰指引，他也必然跟隨，但在這個路上會不會有迷
惘、徬徨呢？但他站上淡水時，他的主讓他選擇了這
裡，所以他在淡水發著光，奉獻、揮灑汗水，最後我
決定用第一人稱來寫這首詩來緬懷馬偕對淡水無私的
奉獻。

庇佑 ｜李玟諭

時光荏苒
昔日霞光
於淡水河畔
手捧聖經
孤獨又何妨呢
從踏上那刻
您就伴於我左右
此後
更
寧願燒盡
也不願腐朽於此

創作｜理念
我看著我拍的馬階登陸淡水的地方思考了很久
當天我也在現場盯著他，突然想到，馬偕是不是也看
過淡水河畔的落日，但漸漸太陽落下，他看起來顯得
很孤獨，他當時又是秉持著什麼想法才願意停留他鄉
的。

馬偕的風光 | 阮明珠

福爾摩沙是小島
雖不是在這出生
卻度過一生
為這地方付出我一切
只有馬偕
多少艱辛
不要對任何人懷恨在心
理解人們的痛苦
幫助他們
過了半輩子
他離開這地方
還剩下多少成就
留給人們。

創 作
理 念

雖然不是出生在台灣島內，但馬偕就像是這裡的一員，因為他不畏艱險助人為樂，用心去理解這裡的人。

奉獻精神 | 阮明珠

他把信仰帶到台灣

希望人們能夠相信上帝

忽略所有外部困難，如財務、陌生人、語言

長期懷疑和壓制

但有信心和毅力

征服了這裡的人

他會在各個方面提供幫助

健康、教育、宗教、農業

女人的地位也被他提高了

他將一生獻給了這個島。

創作
理念

女人本來地位低下，但多虧了馬偕，當我知道這個故事後，女人的命運得到了改善，我真的很感謝你。

詩偕

馬偕精神 ｜阮陳青河

肩負神聖使命
從蘇格蘭遠方
馬偕牧師
跨越萬千遙遠的海洋
到福爾摩沙的國島

打狗 滬尾 宜蘭 花蓮
在那些荊棘路上
上帝給了他信心
讓他克服困難
上帝給了他力量

讓他克服挑戰

憑著自己的信心和智慧

馬偕給這個小島帶來了許多奇蹟

不知不覺是從什麼時候

台灣這份土地

已經深入他的每一根纖維

在生命的最後幾年

他仍然深深地愛著這個地方

在生命的最後幾年

他還是 不出再見

在生命的最後幾年

馬偕傳教士

他依然貢獻直到最後一口氣

創作 理念 馬偕在台灣傳教之旅中的精神令我印象深刻，馬偕精神是我們這些年輕人值得學習和遵循的美德。

詩偕

真理大學 | 阮陳青河

真理大學
從容而威嚴地站在陡坡上
對面的真理大拜堂
具有古典建築美感
既優雅又現代

遠在我眼前
觀音山藏在白雲後
淡水河的水緩緩流過
紅毛城旁邊忙著迎接人潮的到來

早先是牛津學堂
現在稱為真理大學
從馬偕牧師成立之初
幾個世紀過去

到現在
學校培養了多代學子
為建設現代化發達的教育事業
做出巨大貢獻

鐘聲響起每一個衝動
一組又一組學生
在淡水難得的溫暖天氣下
匆匆走進講堂

創作
理念
馬偕對台灣的教育貢獻良多，我寫這首詩的一部分是
為了介紹漂亮的真理大學，一部分是感謝馬偕牧師創
辦了台灣最早的學校之一，讓台灣教育邁上新台階。

詩偕

來台 | 林怡恩

1871 年來台

帶著宣教的使命

探索未知事物的好奇

1881 年返台

懷著栽培的理想

改善教育環境的抱負

1895 年歸台

抱著返家的感慨

留下關心台灣的掛念

創作理念

馬偕來台本來是為了傳教，因為我好奇他是甚麼時候開始認為台灣是他的家，決定下半輩子要定居在台灣，因此我透過這首詩來揣測了他三次從加拿大來台時的心境。

（註：第三段會用感慨來表示是因為當時的台灣處於日治初期，本來已在台灣穩定發展的基督教卻因抗日行動而受到影響）

偕醫曙光 | 邱中吾

我將一生奉獻給整個台灣
我將神的愛與慈悲散播整個台灣
我將我微小的雙手化做與撒旦抗衡的盾
我將我腦袋中的宇宙寫下並開創更多人心中的宇宙

坐落於淡水河畔
在這冬天又潮濕又寒冷的地方
扎根培養下一代開創更多人心中的宇宙

創作
理念

馬偕醫生對於台灣的貢獻大家都是有目共睹，其展現
了耶穌基督的仁慈及博愛精神，並且又在其後創立學
堂教育下一代，對於台灣當時都有很大的幫助，特別
引用又濕又冷的淡水，象徵其面對的環境艱辛且困難
重重，但卻挺過難關，努力扎根培養下一代。

詩偕

馬偕上岸處 | 夏滋佑

1872 年 3 月 9 日的下午 3 點
您踏上台灣這塊土地
這銅像就是您的精神

不論是在風雨交加
還是漂亮的夕陽西下
都虔誠的拿著聖經禱告

如果讀累了
讓我來請您喝杯星巴克吧

創作
理念

每次走淡水老街都會經過這個銅像，因此拿來創作詩
作。馬偕的《台灣遙記》有提到他從遠方的故鄉來台
灣時的心情，他很激動並且誇讚台灣的美麗。請他喝
杯飲料是有一則新聞，有人覺得有趣因此在馬偕上岸
處的銅像上放了一杯飲料，拍照說要請馬偕喝飲料。
然後銅像附近有家星巴克，於是我結語就寫請杯星巴
克。

白藥水與口罩 | 夏滋佑

以前的台灣
有瘧疾
是您用了特效藥來治療

現在的全世界
有疫情
換台灣來回報您的故鄉

口罩就如當初的白藥水
把您對台灣善意
傳播回加拿大去

創作
理念

二〇二〇年疫情開始爆發的時候，馬偕醫院收到馬偕
的故土加拿大的求助信，因此馬偕自費捐贈了十五萬
個口罩給他們。以前馬偕如何幫助台灣的，如今台灣
也會加以回報，善意的互相來回。

牛津學堂 |夏滋佑

初來真理大學
那天太陽很大
照著我頭暈呼呼的
面試前想讓思緒平復

紅紅的磚瓦建築
帶著古意的氣息
原本忐忑的心情
在聽著蟲鳴蛙叫
看魚池旁的鴿子
逐漸平靜下來了

閉上眼睛開始想像
當初馬偕建立牛津學堂的模樣
糯米烏糖加上石灰砂當作水泥
傳統的古式大厝結合西式的女兒牆

慢慢的我也不緊張了
其他我心中所想的事
這是不能說的秘密唷

創作
理念　　前面寫了馬偕傳教跟醫療方面，想說就來寫教育方面
的事，當初來面試的時候就是坐在牛津學堂下面休息
的，於是就結合當時自己的感受寫出這首詩。然後不
能說的秘密這部電影也是在這裡取景的，於是也就加
了上去。

詩偕

心頭血 │ 徐芷筠

執著一份毅然決然下了地

落地生根

不畏風雨

捧著挑出來的心頭血澆灌

在肆虐裡否定一切

承認你

台灣早期醫療衛生落後，流行傳染病如傷寒、霍亂、瘧疾非常流行。馬偕自己曾先後為瘧疾、癲疹、水痘所苦。尤其一八七八年在新店視察教會時，不幸罹患水痘，昏迷數日之久。環境的惡劣讓馬偕吃了不少的苦頭。

信徒 | 徐芷筠

他說他是神的孩子
領著土地上第一批信徒奔走
頑劣的語言
馴服成一首詩

創｜作
理｜念　　馬偕親自主持五名信徒的洗禮——嚴清華、吳寬裕、
王長水、林孽、林杯，一月十六日舉行聖餐，皆為北
部教會第一次的記錄。第一個信徒嚴清華日後成為第
一個傳道師，也是北部教會第一個本地籍牧師，為了
傳教學習語言。（以上取自維基百科＆馬偕醫學院介
紹）

婚戒 | 徐芷筠

背著教會
用信仰圈住無名指
在飛馳的車廂
肆意證明
這不是倒刺
是生命
是信仰的回鋒

創作
理念
與張聰明結婚來留在台灣，
背著教會的反對毅然決然為
了這份愛留下

來者，何人 |張倉銘

是誰？
乘風破浪
傳說
是個牧師

是誰？
寧願燒盡
不願朽壞
傳說
是個博士

楓葉
落地生根

傳說
不滅

憶馬偕 |張倉銘

午夜

咖啡
擋不住睡意
床
勾走了靈魂

夢迴

十九世紀末的滬尾
受教育的女性
病痛所苦的病人
互相扶持的教友
感謝
馬偕

初遇福爾摩沙 | 張惟安

遠方呼喚著你

海龍捲起一陣狂風

吹散你腳下

二十七片楓葉

福爾摩沙沉痛的哀號

渴求你治癒它的病痛

洗淨它的創口

靈魂終獲得解脫

創｜作
理｜念

對馬偕博士來說，從加拿大到台灣無疑是趟遙遠的旅程，馬偕在一八七二年三月七日從打狗搭乘海龍號帆船前往後續馬偕發展的主要根據地——台灣北部，此時的馬偕二十七歲。楓葉則是馬偕博士祖國加拿大的重要標誌。早年的福爾摩沙（或稱台灣）缺乏較先進的教育、醫療等，因為馬偕博士的來到，給了不少台灣子民知識、提供簡單的醫療，並在馬偕的帶領下開始信上帝。心中有了信仰，靈魂便不再孤單痛苦，有了知識，便不再對未知感到恐懼。

詩偕

淡水是你的家 |張惟安

該死的病痛帶走了你的聲音

福音卻不曾停下

看不見你的鞋印

再多的歲月 卻也抹不掉你的蹤跡

你行走於信徒的每個夢裡 走遍萬里

淡水是你的家 我們接你回家

創作
理念
馬偕博士晚年罹患喉癌，長期被病痛給折磨，他卻仍
不放棄的持續宣教。即便之後馬偕離世，他給台灣、
給淡水這片土地帶來的影響也非常深遠，身為真理大
學的學生更是對馬偕所做的一切抱持一顆感恩的心。
馬偕博士最終於淡水這片土地離開人世，「淡水是你
的家」，我們不會遺忘你為我們所做的一切，淡水這
片土地會永遠感謝你。

追尋馬偕的腳印 | 張睿恩

馬偕足跡遠遠追
山川海洋無人知
他走過世界各地
傳道施恩為人民

馬偕造訪過此處
他的言語仍在此留
他的理念仍在此生
他的思想仍在此活

馬偕所見所聞
在這裡發酵成詩
在這裡變成樂
在這裡激發我們思想

馬偕足跡遠遠追

為了尋找他的靈魂

為了理解他的思想

為了延續他的遺志

馬偕 我們追尋你的足跡

在你留下的路上

陪伴著你 一起前行

永遠不懈地追尋 永遠不停歇地思考。

創作
理念

儘管馬偕已過世一五〇餘年，但我希望這首詩能讓我們記得馬偕曾經在這裡走過，他的心靈曾經在這裡飛翔，他的腳印成為了我們前進的方向，指引著我們的道路。馬偕的腳印，在這片土地上永存。他的精神將永遠鼓舞著我們，為了一個更美好的未來而奮鬥。

信仰的港灣 | 張睿恩

河邊的禮拜堂
聽著淡水的聲音
歡樂的讚美
在這裡唱和

陽光灑滿教堂
溫暖的風吹拂
真理的話語
在這裡傳播

愛的恩典
在這裡滿溢
祝福的祈禱
在這裡相連

淡水禮拜堂
給我們帶來喜悅
感受神的慈愛
在這裡滿載自由

創 | 作
理 | 念

在實地考察時，看到陽光灑在淡水禮拜堂門前的景色使我感到靈思泉湧，於是寫下這首詩。在寫作時也去閱讀了一些跟基督教有關的書籍，了解他們的信仰模式。

詩偕

拯救 | 張馨予

偕來台
行醫
啊 人民的救世主啊
被污染的大地
污漬
一點一點
抹去

創作
理念
馬偕來台灣行醫，讓台灣人
民有了衛生觀念，減少疾病
的出現，使台灣更加進步。

女權 | 張馨予

女人啊

總像小草般不起眼

偕建校

女子茁壯

成樹

用高大強壯的身軀

推翻過去

創 作　他在淡水設立了女子學堂，讓女性的地
理 念　位受到重視，不再是男尊女卑的傳統思
　　　想，女生也該受到重視，也可以學習。

馬偕的恩 | 陳柔蒨

馬偕
從西方來台的馬偕
人地生疏一個人
蓋了學校，教堂，醫院
一心一意傳教給人民
把真理傳給大家
不怕辛苦不怕累
淡水永遠記著您
您的恩德永遠不忘記

創作
理念 來到台灣第一個地方我就是去淡水。去觀光走走聽到
有人介紹馬偕。覺得他的恩德非常大。從西方到台灣
不怕困難。最後都收到好的結果。讓台灣人永遠記著
他。

柯威霖 ｜陳柔蒨

前有馬偕的恩德傳教給大家
後有柯威霖的貢獻
柯威霖讓人佩服
從挖煤炭的黑手到 NASA 科學家
到榮獲最高榮譽勳章
可說是全球唯一一個。
除了科學
科技，工程，藝術，數學都會
全世界獨一他一個
努力為台灣發光發熱。

|創｜作| 那天聽完老師演講後。真的很佩服柯威霖老師。從挖
|理｜念| 煤炭的黑手到榮獲最高榮譽勳章的 NASA 科學家，柯
| | 威霖可說是全球唯一一個。他這輩子貢獻給世界很多
| | 事他偉大了。

蒲公英 | 陳偉翔

瑰寶的種子
揣著使命
種下

蒲公英

散播信仰
與福音

花種纍纍
噤聲傳播

火舌
也難朽蝕
磐石般的意志

創 作
理 念

以蒲公英種子形容馬偕，在淡水落地深根後，不只傳播福音，也做了諸多宗教外的善事。蓋女學堂、拔牙、教書等。也不少人跟馬偕信教。故有了花種纍纍去形容。而噤風傳播，指馬接罹喉癌晚年時失聲。六月初的時候馬偕辭世。雖然馬偕的死亡與蒲公英的傳播期不一，但他的精神卻跟蒲公英一樣傳播與流傳。

巨擘 | 陳偉翔

在風的記憶中　磨損

疾駛的火車
見證台灣
乖舛動盪的　命運

你是 活辭典
彩繪滬尾
詩美之鄉

縱然沉入淡水
河岸也依你　閃耀

創作理念 以風的磨損做開頭形容馬偕後人來台的不易。活辭典形容歷史見證者及學識淵博的柯設偕先生。柯設偕先生曾任職淡江中學、台北鐵道部觀光系（現鐵路局），台北一中曾拋出橄欖枝邀請前去授課柯設偕先生婉拒後於一九四二年再次回到淡江中學服務，可見先生對淡水的熱愛。這份熱情即使世人忘去對於淡水來說是難忘的吧！

預言 ｜陳偉翔

長河中
疾駛的火車
成了
與父親的紐帶

描繪的成就
不是偶然
是公式下的結果

是光吧
彷彿上帝般
燦爛
是神諭吧
彷彿預言般
準確

疾駛的火車
駛離長河
留下
無人的
月台

創作
理念

柯威霖爺爺於台北的鐵路局、淡江中學及 NASA 總署
任職。其水彩及詩作成就不亞於科學成就。據王意晴
老師所說威霖爺爺的畫作最明顯的便是對光的刻畫。
威霖爺爺向王意晴老師多次預言，據老師所說預言十
分精準。

牛津學堂 | 黃子恩

陽光傾落
斑駁的紅牆上
倒映出
古老的故事
佇立於前的我
彷彿看見過往的一切
歷歷在目

故事的篇章
起源於 1882
馬偕用愛與信念
一磚一瓦
建構出知識殿堂
讓知識翻轉學生的命運
培育無數英才

詩偕

喀擦！
遊客的相機聲
把我的思緒拉回了現實
望著眼前的牛津學堂
時光並未帶走它的風采
反而更增添了韻味和情調

如今
時光荏苒
物是人非
但
馬偕精神
永遠存在

創作理念　每一次經過牛津學堂時，我都會有不同的感受，不管晴天或雨天都別有一番風情，站在建築物面前能夠看見歷史的味道和變遷，因此我決定把對它的所思所感寫成一首詩。

愛 | 黃子恩

是什麼樣的愛
跨越太平洋
來到地球的另一端
從此
在這座寶島生根

是什麼樣的愛
拯救人民免於牙痛之苦
傳遞知識翻轉他們的人生
在每一個無助的黑夜
救贖了
無數個孤單的靈魂

詩偕

是什麼樣的愛

無私奉獻 不求回報

照亮自己也溫暖他人

世世代代貢獻於這片土地

馬偕

用信仰

用行動

證明

原來這就是愛

創作
理念

在閱讀完馬偕的資料和聽完王意晴老師的演講，以及
參觀完馬偕展覽後，我深刻地體會到能夠無私的奉獻
自己的力量幫助他人，最根本的原動力就是因為
「愛」，因為心中有愛，所以才能身體力行把這些愛
傳播出去，因此我想用最簡潔明瞭的題目，在詩中呈
現馬偕對台灣的愛。

福音 ｜楊鈞鈞

自從 那點火苗燃起 就
生生不息
福音用盡所有氣力
教義遠播千里
傳揚於世界各地

創作｜作念
藉由馬偕牧師在台灣宣教，改善
民眾生活，啟迪民智，促進教育
以傳揚福音為創作發想。

淡水 | 楊鈞鈞

晚間 冷了又冷

景色幽邃 風土和惬

再冷 也擋不了勝景的誘惑

勾引 吸引

挑起探知的慾望

遙岸燈火依舊

沉浸於色彩與旋律的港街

探索詩美之鄉 淡水

創作
理念

藉由柯設偕所作的詩美之鄉一生
歌頌淡水之美，為創作發想，一
同讓大家看到淡水的美麗。

牙 ｜葉力愷

多年前的淡水河畔
擠滿了要找你拔牙的台灣人
你為他們拔除腐壞的爛牙
又親手種下了名為知識的新牙

創作｜理念
馬偕大家都知道他為台灣人拔牙很有名，我便是以拔牙為主題。爛牙象徵台灣人的陋習，新牙象徵馬偕交給台灣人的新知識。

｜詩偕

美麗之島 | 葉力愷

蘇格蘭的拓荒者
為美麗小島帶來了福音
帶來了上帝的愛
我們沒有什麼能回報的
唯有一個美麗之島給你為家

創作理念

看過馬偕寫的最後的住家,讓我想以台灣這座美麗小島為馬偕的家為主題。

台灣 | 廖祥哲

我疼愛的台灣啊！
我年輕的時候把歲月都給了你
陪你一起度過
這樣我一生就滿足了！

創作理念	馬偕從年輕的時候就為台灣做了很多的事情，幾乎都要把他的一生都奉獻給台灣了，沒有馬偕就沒有現在的我們！

心 | 廖祥哲

台灣啊台灣
我試過了好多次
我的心終究不能割離台灣
在這裡我找到永遠的家！

創作
理念
馬偕的心跟台灣已經是很緊密的了，他的心也不能說割離台灣就割離，因為台灣永遠是他的家。

崖之梅 | 劉庭蓁

當然
妳始終如初生之犢
如
十二月臘梅

啊 幼的餘悸和空
不足以粉碎觀音足下
誕生的妳
光映淡水偕

以生命
闊綽的向時間允諾
她們如妳一般
擁有
看見斯基納河
預知的曙光

創作
理念

〈崖之梅〉整首詩以張聰明女士一生的堅毅不屈，譜
出照耀他人生命的故事。之所以選用「臘梅」，是取
材台灣擁有堅毅特性的花卉；再來，使用加拿大境內
的河川——「斯基納河」，代表遊歷世界的經驗（包
含回加拿大教會報告），以及在台對女性教育的奉
獻。對當時女性的欽佩，道出童年悲慘的境遇，如同
懸崖般的花朵飽經滄桑，卻不足以摧毀一八六〇年，
觀音山腳下誕下偉大且頑強的——張聰明。

詩偕

兩萬一千次 | 劉庭蓁

齒搖
不免
腔內一頓毒打
由救世主抽出
嵌上蒙昧的蹤跡

發脫
便覺
口中別有洞天
猶如重獲新生
這一回 再為你續命

創作
理念

此詩命名為〈兩萬一千次〉，緣由始於馬偕傳教士在
台，替台灣人拔除了兩萬一千多顆牙齒。當時的台
灣，因智識未開、缺乏醫療資源，人們普遍有為蛀牙
所困的情況，馬偕的出現，宛若救世主一般（呼應本
身宗教）幫助人們消除痛苦，甚至延續生命。

他 | 羅雨妍

他感嘆，淡水河的美麗
他忍耐，人們的猜忌
他溫柔，無私的貢獻
他熱愛，樸實可愛的台灣。

創作
理念

這首詩主要的創作想法來自馬偕剛來到台灣的時候在
淡水落腳，然後他堅信這裡是上帝指引他來的；一開
始馬偕被當地人唾棄跟不友善的對待，但是他依然還
是為了台灣做了很多事情，他對於台灣炙熱的愛，把
自己的一生完全貢獻在台灣這塊土地上。

伴 | 羅雨妍

一張泛黃的全家福裡
妳的雙眸炯炯有神
一身傲骨
馬偕教堂跟觀音山的距離
從遙望變成並肩
雖然你們是不同國家的人
但是你們信仰著上帝，認定彼此
在歷史上留下了
令人艷羨的愛情。

創作
理念

這首詩的理念是在看到馬偕跟他的妻子張聰明的故事
後寫下的，張聰明牧師娘是一個很勇敢，而且很堅定
自己想法的女性，所以從全家福上看到的她是很優雅
又引人注目，她跟馬偕的愛情也獲得了很多人祝福，
讓我感覺十分的浪漫。

編者的話

劉沛慈

　　早在上學期期末，主任便捎來訊息，說特色課程的經費被大量的刪減，有不少課程已無法再接續執行了。聽聞這個消息，我的內心便一則以喜、一則以憂，一方面可能不必再為了完成特色課程的事情四處奔走而稍稍鬆一口氣，二方面卻也為著課程將淪為呆板平庸，同時學生創作的作品無用武之地而感到無奈與惋惜。孰料，主任竟說著，其他的課程可以停止，現代詩的出版工作則務必要持續下去。有了這股支持與鼓勵，即使本學期因經費短缺而造成資源的縮減，也只能硬著頭皮讓課程照舊進行下去。

　　課程內容的規劃除了原定的創作演練和詩作賞析，更重要的是馬偕相關事蹟的認識和詩人前來現身說法。適逢馬偕來台宣教一五〇週年，據王意晴老師來訊分享：二〇二二年台大校史館「馬偕一五〇特展」創下台灣大學多項紀錄後，再移展到「淡水區公所」，展期約於期中考前後一個多月。知悉這項佳音便立刻

以加分方式鼓勵學生前往，更隨即開口邀請王老師蒞校演講，沒想到百忙中到處有演說和講座邀約的的她，一口就答應了。該特展接下來將由淡水區「各級公立學校」與「台灣大學」合作輪流展出，我們很榮幸可以成為共同守護馬偕家族〈時空阻擋不了的愛〉其中的一站，讓同學們透過王意晴老師的演講更為熟知馬偕和其後代的事蹟。此外，也再次情商去年為我們擔任馬偕新詩創作獎評審並選出長廊詩展作品的楊淇竹老師，進班指導，分享寫詩的經驗和技巧。

這本詩集一共收錄了二十四位學生的作品，每人撰著二至三首與馬偕及其後代有關的詩作，同時附上親自拍攝的主題相片和個別的創作理念，因經費和天候因素使得這學期無法進行戶外走讀的活動，所以提供相片的同學相較前幾年的少了許多，但是詩作本身也絲毫不為遜色。同學們詩作的取材，有著馬偕及其子孫在人文、歷史、宗教、醫療、教育、建築、科技等各面向的連結，不僅表達心中對馬偕博士及其後代的景仰與感佩，還可看見那筆觸的間隙中，為著在台灣無私奉獻的他們銘心致謝。此外，平時隨堂繳交的其他作品，我們也一併擇優選出了二十二篇，為系辦外的長廊詩展換血。

前三年，歷經《詩情話憶》、《筆筆偕事》和《無拘吾述》這三本詩集的出版，現代詩課程的進行已經具有系列性的規模可見，學生撰寫馬偕詩成為學年授課的重心與固著的期盼，更可說是階段性任務有了豐收的碩果。很開心今年有第四部詩集的問

世，在此要感謝學校有這項特色計畫的支持，再次豐富我教學質、量上的成果；也感謝系主任錢鴻鈞教授一直以來的信任，提升了這門現代詩課程的教學成效；特別要感謝王意晴老師帶領學生有深度地認識馬偕博士及其後代，以及楊淇竹老師的傾囊相授，指導學生讀詩、寫詩，給同學莫大的創作能量與自信；亦感謝萬卷樓圖書公司張晏瑞老師和楊佳穎小姐，在書刊設計與詩文編輯上的盡心盡力。

在此，也要謝謝這學期如此配合和努力的同學們，雖然隨堂作業已完成，馬偕詩集也將如期出版，但是看著同學們不斷進步的我，希望大家可以再接再勵，學期結束只是暫時的，寫詩、讀詩可以成為一種習慣和嚮往，期盼這學期你／妳接觸詩文的信念與經驗得以持續下去，勇敢向前邁進。

二〇二二年十二月二十三日於民雄

日　期：　　年　　月　　日

日　期：　　年　　月　　日

日　期：　　年　　月　　日

文化生活叢書‧詩文叢集 1301077

詩偕
——真理大學在地文創特色課程詩歌創作集

總 策 劃　錢鴻鈞
主　　編　劉沛慈
責任編輯　楊佳穎

發 行 人　林慶彰
總 經 理　梁錦興
總 編 輯　張晏瑞
編 輯 所　萬卷樓圖書(股)公司
臺北市羅斯福路二段 41 號 6 樓之 3
電話 (02)23216565
傳真 (02)23218698

發　　行　萬卷樓圖書(股)公司
臺北市羅斯福路二段 41 號 6 樓之 3
電話 (02)23216565
傳真 (02)23218698
電郵 SERVICE@WANJUAN.COM.TW
香港經銷
香港聯合書刊物流有限公司
電話 (852)21502100
傳真 (852)23560735

ISBN　978-986-478-802-6
2023 年 1 月初版
定價：新臺幣 280 元

如何購買本書：
1. 劃撥購書，請透過以下帳號
　 帳號：15624015
　 戶名：萬卷樓圖書股份有限公司
2. 轉帳購書，請透過以下帳戶
　 合作金庫銀行 古亭分行
　 戶名：萬卷樓圖書股份有限公司
　 帳號：0877717092596
3. 網路購書，請透過萬卷樓網站
　 網址 WWW.WANJUAN.COM.TW
大量購書，請直接聯繫，將有專人
為您服務。(02)23216565 分機 610

如有缺頁、破損或裝訂錯誤，請寄
回更換

國家圖書館出版品預行編目資料

詩偕：真理大學在地文創特色課程詩
歌創作集 / 錢鴻鈞總策劃；劉沛慈主
編. -- 初版. -- 臺北市 ： 萬卷樓圖書股
份有限公司, 2023.01　面 ；　公分. --
(文化生活叢書. 詩文叢集 ；1301077)
ISBN 978-986-478-802-6(平裝)

863.51　　　　　　　　111022004